CEREAL

TRAVEL & STYLE

主　　编　Rosa Park
创意总监　Rich Stapleton
文字编辑　Richard Aslan

中文版主编　王菲菲
策划编辑　郝兰　胡奕
责任编辑　郝兰
营销编辑　胡奕　李晓彤
新媒体编辑　李晓彤

cerealchina
谷物 CEREAL

译　　者　张晓敏
装帧设计　申亚申
封面摄影　Alice Gao

图书在版编目（CIP）数据

谷物 . 4, 城市恢弘而寂静 / 英国 Cereal 编辑部编著；张晓敏译 . -- 北京：中信出版社，2016.10（2024.11重印）
书名原文：Cereal 05
ISBN 978-7-5086-6781-2

Ⅰ . ①谷… Ⅱ . ①英… ②张… Ⅲ . ①游记－作品集－英国－现代 Ⅳ . ① I561.65

中国版本图书馆 CIP 数据核字（2016）第 240472 号

谷物 .4，城市恢弘而寂静

编　　著：英国 Cereal 编辑部
译　　者：张晓敏
出版发行：中信出版集团股份有限公司
　　　　（北京市朝阳区东三环北路 27 号嘉铭中心　邮编　100020）
承 印 者：北京利丰雅高长城印刷有限公司

开　　本：889mm × 1194mm　1/16　　印　　张：8.25　　字　　数：100 千字
版　　次：2016 年 10 月第 1 版　　印　　次：2024 年 11 月第 16 次印刷
书　　号：ISBN 978-7-5086-6781-2
定　　价：68.00 元

CEREAL

序

我的童年记忆大多和家庭假日有关。我的父亲痴迷旅行，信奉出门看世界。他坚持每个学校假期都该去某个从未涉足过的奇异地方。直至今日，他仍将我们的旅程视为无价之宝，将旅行当成生命的延长。短短几天的假日便能尝试和领略无穷无尽的事物，那份独特的印象可以使人更深刻地领悟时间的奥秘。父亲的意味尽在于此。

他的教育给我的性格中注入了一种好奇和冒险的精神，这种特质也成为我生命至关重要的组成部分：好像一个逍遥逸士，总是想方设法离开舒适，到一个不同寻常的地方去，哪怕仅为过个周末。《谷物》最动人之处也恰好在于这种对异质的知识和体验的追寻；也是因为受到同样的鼓舞，从这期开始，我们的书将变成一份旅行和生活方式读物。与此同时，Guided专栏也应运而生，为读者提供量身定制的线上旅行指南。然而吃货们也无须烦恼，我们将一如既往、满怀热情地探索美食，尽管是围绕旅行这一主题将其加以展现。于我个人而言，美食是旅行中不可或缺的一部分，因而将永远在我们的书页中占有一席之地。

我们的时尚栏目也将在这期杂志中首次登场。在使用“时尚”一词时我有些犹豫，因为我们的杂志志在培养良好的个人品味，而非披露最新的流行趋势。以旅行箱袋为主题的摄影本身就是这本杂志一贯干净利落的极简主义风格的写照。这组黑白照在我们本地的摄影棚里拍摄完成，我可以很愉快地告诉大家，这就是我们日常装束的极好样本。

如果让我说出此册杂志的取材过程中最难以磨灭的记忆，那一定是我在锡利群岛上的特雷斯科修道院花园的日子。在英格兰发现一座荒废的热带花园被笼罩在空灵的雾霭之中，这让我毫无防备。如此的惊喜是旅行带给我的最美好的回忆。

Rosa Park
EDITOR

目录

1	赫尔辛基	芬兰

地区 乌西马	**机场** 赫尔辛基机场	**机场** 赫尔辛基–马尔米机场
语言 芬兰语	**货币** | €（欧元）	**人口** 61.4万
游客信息 visithelsinki.fi	+358（国际区号）9（地区区号）	

阿尔瓦·阿尔托

雕刻芬兰形象

ALVAR AALTO

SCULPTING A NATION'S IDENTITY

文字：*Robbie Lawrence*　摄影：*Rich Stapleton*

> “无论阿尔托去哪儿，芬兰总是如影随形。”的确如此，在阿尔托作品的内核中，似乎总有一种明确无疑的想要表现芬兰形象的愿望。

1898年冬天，阿尔瓦·阿尔托出生在库奥尔塔内自治市，那是个遍布着茂密松林和结冰的暗色湖泊的小城。身兼建筑师、家具制作者、城市规划者、雕塑师和画家多重身份，他的创造生涯如同一股强劲的北欧泉流一样贯穿整个20世纪。随着他的作品获得越来越广泛的认可，他也作为芬兰设计的标杆性人物，被深深铭刻在芬兰历史的丰碑之上。虽然艺术史学者很少会脱离芬兰的语境去谈论阿尔托，但依然有很多人认为，既然他对现代主义建筑风潮的影响如此深远，他的作品也理应从国际视角去认识。与其把阿尔托的遗产纳入某种思想流派之中进行分析，不如将其当作一个整体，只有这样我们才能从更多元的角度去理解他的作品。

在《异类》一书中，马尔科姆·格拉德威尔（Malcolm Gladwell）检视了功成名就所需的条件。据他分析，一个人出生的时间和地点对其未来成功与否至关重要。无论你是否赞同他的观点，你都得承认，阿尔瓦·阿尔托很难找到在芬兰做建筑师更好的时机了。他1921年从赫尔辛基理工大学毕业，彼时的芬兰生机勃勃。经过残酷的内战，芬兰于1917年脱离俄罗斯。此后芬兰经济高速增长，工业也蓬勃发展起来。这也带来了层出不穷的建设需求。同时，政府组织、慈善家和商人也希望这个独立国家新的身份能体现在面貌一新的建筑上。正如一位评论家所言，阿尔托的时机简直“无懈可击”。芬兰已准备好被赋形。

随后的半个世纪，阿尔托在他的祖国设计了超过300栋建筑。从赫尔辛基理工大学圆弧形的大礼堂，到位于蒙基涅米的屋顶如波浪形船帆般的工作室，他独特而精致的现代主义风格中，又交织着富有斯堪的纳维亚古典精神的芬兰都市景观美学。正如英国乔治风格的小镇都带有克里斯托弗·雷恩爵士（Sir Christopher Wren）的烙印，在赫尔辛基、于韦斯屈莱以及埃斯波的大街小巷，外观和细节都独树一帜的阿尔托建筑作品俯拾即是。至于国外的项目，无论是纽约世界博览会的展馆（the Pavilion），还是德国阿尔托剧院的歌剧大厅，他的设计时常让人联想起芬兰的优美地貌。哈尔蒂亚山脉再现于密集重叠的复杂造型之中，波动线条的使用还原了吹着清风的滨海湖。1941年，阿尔托的朋友兼赞助人希格弗莱德·吉迪恩（Sigfried Giedion）在《非理性与标准化》（*Irrationality and Standard*）一书中宣称：“无论阿尔托去哪儿，芬兰总是如影随形。”的确如此，在阿尔托作品的内核中，似乎总有一种明确无疑的想要表现芬兰形象的愿望。

▶▶▶

◀◀◀

除了这种显而易见的爱国情怀，也有证据表明阿尔托常常夹在芬兰的生活以及外部世界之间，这个外部世界包括不同国家的建筑师、评论家和学者，正是他们成就了现代主义建筑运动。20世纪二三十年代，随着阿尔托的设计声名远扬，无论是在耶鲁大学和麻省理工学院的教室，还是在国际现代建筑协会，他的名字都可谓是家喻户晓。从阿尔托同在公立包豪斯学校的友人的通信中可以看出，欧洲和美国而非本土的艺术团体令他更觉亲近。1931年，他在寄给拉斯洛·莫霍利－纳吉（László Moholy-Nagy）的一封信中写道："我们要感谢你鼓起勇气踏上了芬兰贫瘠的土地，并给我们带来了无尽的快乐，毕竟这里除了泥泞的道路和蚊虫肆虐的森林以外一无所有。"在另一封写给沃尔特·格罗佩斯（Walter Gropius）的信中，他说："（我）试图给那些再过一百年也不知'有机生活'为何物的人设计房屋。"毋庸多言且显而易见，芬兰文化不够发达让阿尔托十分沮丧。

如此看来，他似乎更类似于乔伊斯笔下的流浪者尤利西斯类的人物，而非一个标准的国家主义者。跳出国家主义的条条框框，他最负盛名的三座芬兰建筑——图尔库新闻报编辑部大楼（Turun Sanomat，建于1928—1930年）、拜米欧疗养院（Paimio Sanatorium，建于1929—1933年）和卫普里图书馆（Viipuri Library，建于1928—1935年）——便可以轻而易举地被划归到国际现代主义风格的范围之内。它们所共有的简化的外观、白色的灰泥墙以及平屋顶设计，都体现了现代主义建筑运动的核心原则。1998年，现代艺术博物馆（MOMA）举办了阿尔托作品回顾展，对此，《纽约时报》的专栏作者赫伯特·马斯卡姆（Herbert Muschamp）发表评论指出，与其说阿尔托的独特之处在于他的芬兰背景，不如说他是一个"领先于时代的建筑师"。

暂且把关于阿尔托的争议放在一边，尽管我们对其作品的各种解读似乎屡有矛盾之处，但这恰好证明了他在芬兰乃至世界的巨大影响力。从一份20世纪50年代参观他在蒙基涅米的寓所的访问记录来看，在他事业的后半段，他的方法和风格转向了更具民族色彩和个人化的现代主义。虽然这一时期阿尔托的建筑采用的自然光照和宽敞的中庭都反映了他对国际风格的紧密追随，但风格鲜明的北欧式制木法、他早期的阿尔泰克（Artek）系列家具，以及木板和梁柱结构的运用，都使之成为一座典型的芬兰住宅。阿尔托之家（the Aalto House）既是一处私密的庇护所，又是他高超技艺的展示厅。这里集中体现了他所受到的来源各异的影响以及他独特的个人视野。这种整体性或许就是他所谓的"总体的艺术"。■

阿尔托工作室地址：芬兰赫尔辛基Tiilimäki 20号，邮编00330
阿尔托之家地址：芬兰赫尔辛基Riihitie 20号，邮编00330
官网：ALVARAALTO.FI

建筑之旅

赫尔辛基知名建筑一览

文字：*Robbie Lawrence*　摄影：*Rich Stapleton & Robbie Lawrence*

过往生命中的大部分时光我都是在爱丁堡度过的。中世纪古城的炮塔和变形的公寓楼，宽阔而宏伟的直线型的乔治风格的新城，历经岁月变迁，都成为这座城市引以为傲的象征。尽管在那里生活多年，我却并未真正地将这座城市的文化同其建筑联系起来，直到2013年下半年到赫尔辛基的访问，我才意识到两者间的联系是如此的一目了然。仅在一个世纪之前，这座芬兰的首都还处于一种文化上无所建树的状态，街道和广场都是由征服者和掌权者建造与命名。穿过市中心的参议院广场（Senaatintori），人们可以在新古典主义风格的圣彼得堡大街上轻松地闲逛。赫尔辛基大学以及赫尔辛基大教堂（路德派教堂）正面是典雅的希腊神庙风格，它们的修建也是为了宣示这座城市在1812年成为自治的芬兰大公国的新首都，彼时的大公还是俄国人。与之相反，从这片中心区域蜿蜒伸展而出的街道，却印刻着芬兰被俄国占领之前的5个世纪的历史，那个时候芬兰还处于瑞典的统治之下。

考虑到阿尔瓦·阿尔托的作品如何在芬兰的文化空间内催生出某种自主和个性化的色彩，后面的文章将进一步探讨赫尔辛基的建筑是如何从阿尔托后期风格发展至今的。在过去的半个世纪中，赫尔辛基已经跻身于国际顶级宜居城市之列。这里整洁的城市面貌、良好的工作环境，以及富有前瞻性的政策规划，在全世界备受赞誉。在这份肯定背后，赫尔辛基的建筑功不可没：国内和国际的众多建筑师在这座城市的天际线留下了自己的印记。我在此居留时探访了许多这里的建筑，近年来正是它们将赫尔辛基这座城市提升到了国际设计之都的地位。

芬兰大厦（Finlandia Hall）

FINLANDIA
SISÄÄNKÄYNTI INGÅNG ENTRANCE
K5

我到芬兰的时候是11月初，迎接我的是冰冷的寒风和大如子弹般的雨点。我离开英格兰时还是初冬时节，晚秋最后的遗景将布里斯托尔的乡间染得通红，别有一番风味。而当我刚要迈入赫尔辛基万塔机场（Helsinki-Vantaa Airport）湿滑的停机坪时，北面波罗的海刮来的一阵劲风却几乎要把我卷回机舱。直到我仓促乘车来到临近市中心的埃隆科迪酒店（Aalon Koti Hotel）时，我才发现天色是如此的昏暗。低头看表，我注意到尽管才下午2点半，城市上方微弱而羞涩的日光已经开始变得越来越暗淡。于是我只好匆匆忙忙地赶往芬兰大厦。

芬兰大厦之于赫尔辛基的都市景观，正如小黄瓜大厦（Gherkin）之于伦敦，或者古根海姆博物馆之于纽约，它是阿尔托最负盛名的作品之一。手持一杯热烫的黑咖啡，略带疑虑地品尝了几口，发现用它暖手其实更合适，然后我便沿着图隆拉蒂湾（Töölönlahti Bay）走向了不远处的大楼。从湖的对岸眺望，我才初次领略了芬兰大厦的风采——它突出的大理石正面倒映在平滑的深色水面上。

音乐厅和会议厅都是阿尔托全盘规划中必不可少的组成部分，他希望建造一个全新的中央广场，使之成为芬兰独立的象征。尽管芬兰大厦于1972年才竣工，但它并未将这座巨大的扇形广场的主体建筑包含在内。芬兰大厦高耸的中庭部分仿佛从整体水平的建筑上喷发而出，形成一系列堆叠式的长条板。在我伸长脖子仰视它的时候，它的大理石外观让我联想起多伦多皇家安大略博物馆（Royal Ontario Museum）东面玻璃和金属结构造型感强烈的聚簇建筑。芬兰大厦之所以如此设计是为了改进广阔的中庭的音响效果。虽然这是功能重于形式的现代主义建筑设计理念的表现，但它又保留了阿尔托设计的匠心独运以及他极其个人化的审美风格。无论从形式还是规模上说，这座大厦都是芬兰国家荣誉的象征，也将赫尔辛基推上了国际设计之都的宝座。

奇亚斯玛（Kiasma）

AGFA
AGFA

第二天我早早起床，希望避开奇亚斯玛当代艺术博物馆（Kiasma Museum of Contemporary Art）九到十点大量涌入的游客。不巧的是，北欧日出太过缓慢，我只好待在一家咖啡馆，等待光线明亮些再去好好参观。在此期间，我从一份读物上了解到，这座建筑设计方案的敲定曾在市民中间引发了一场小小的风波。20世纪90年代初期，超过500位建筑师参与了赫尔辛基现代艺术中心的设计竞标。这项本属意一位北欧或波罗的海国家建筑师的任务最后却落到了美国人斯蒂文·霍尔（Steven Holl）的头上。这一决定点燃了赫尔辛基市民的怒火。许多人觉得这座城市及其新确立的来之不易的文化身份受到了威胁，因而倍感不平。芬兰发行量最大的《赫尔辛基新闻报》（*Helsingin Sanomat*）对此公开谴责并评论道："没有哪一个文化事件或建筑项目曾引起过如此尖锐、广泛而持久的辩论。"甚至那片土地本身也被严加看管起来，因为它是阿尔托伟大的城市扩张计划中的神圣领地。

尽管如此，这个饱受争议的决定还存在着另外一种解释。虽然阿尔托的作品至关重要，但在过去的一个世纪它们已无处不在，假如继续这样下去，这座城市的建筑风格就可能会变得太过狭隘和单调。通过选择一位精力充沛且具有实验精神的美国建筑师，招投标部门为赫尔辛基开启了一个文化开放的新时代，这里既推崇顶尖的国际当代艺术，又欢迎那些视赫尔辛基为新的家园的稳步壮大的移民们的影响。

踏进画廊入口的一瞬，映入眼帘的是一些奇特而不协调的图像：一只已经石化了的章鱼，一条令人眩晕的峡谷。奇亚斯玛线条婀娜的白垩色的内部猛然卷入涡流般的互相缠绕的通道、阶梯和走廊，25个画廊空间由此连通。随后的几个小时里，霍尔的设计让我连连惊叹：自然光的使用创造出一种模糊感与灼目的清晰感交替轮换的短暂瞬间。作为当代建筑的标杆以及外向美学的代表，这座博物馆将赫尔辛基推向了艺术世界的前沿。

静默教堂（Chapel of Silence）

抱着对奇亚斯玛的敬畏之情，我散步走向不远处的红山区（Punavuori district）享用午餐。在半是餐厅半是俱乐部的Tres Bones，品尝完一系列趣味横生的菜肴（包括放在烤红卷心菜上的麋鹿肉）之后，我开始前往这次“建筑之旅”的终点站——坎皮静默教堂（Kamppi Chapel of Silence）。这座教堂的名字令人联想起某位神秘的僧侣，然而它却坐落于芬兰最繁华的商业地带之一——坎皮购物中心的入口处。这种似乎有点儿风马牛不相及的组合其实是有意为之：教堂的建立正是为了给公众和游客提供一个逃离都市喧嚣的出口，好让人们获得片刻的宁静。

赫尔辛基作为福利城市的声名越来越大，部分原因在于芬兰政府在社区项目上的大量投入。就建筑层面而言，这座教堂存在的直接目的便是将人们聚集在一个安静而放松的场所。作为2012年世界设计之都（World Design Capital）项目的组成部分，由来自K2S事务所的建筑师参与设计，教堂的正面由弯曲成不同弧度的大块云杉木条构成。建筑物弯曲的椭圆形内部结构阻挡了城市噪声，抱拥着到访者，给予他们一种庇护感。我在教堂里坐了一个多小时，未作多想，仅仅是享受白日的喧嚣暂时平息的感觉。

因为对静默教堂和奇亚斯玛博物馆这类建筑项目兼容并重，赫尔辛基迅速转变为一个多层次且充满革新精神的文化中心。阿尔托虽然毫无疑问地为这场复兴开辟了道路，但新生代的设计师们能走出他的阴影，为这座不断发展的大都市增添了各自与众不同的一笔，也同样令人振奋。如果说老城的参议院广场是赫尔辛基辉煌过往的证明，那森林般层出不穷的新建筑则昭示着这座城市光明的未来。■

芬兰语

芬兰语数字观

文字：*Richard Aslan*　摄影：*Rich Stapleton*

Yksi, kaksi, kolme（1,2,3）：在芬兰语里，你只需从1数到3就会意识到这种语言是如何脱离常规。即便没有受过任何语言学训练，丹麦语和挪威语“en, to, tre”，同英语“one, two, three”，瑞典语“en, två, tre”，德语“eins, zwei, dre”，以及法语“un, deux, trois”之间的联系也是显而易见的。而在其他很多语言中，这种亲属关系也不难发现，如同样的“one, two, three”，对应的俄语是“odyin, dva, tri”，立陶宛语是“vienas, du, trys”，希腊语是“ena, dhio, tria”，阿尔巴尼亚语是“një, dy, tre”。考虑到同属于体系庞大的印欧语系的分支，梵语中的“ekam, dve, trīni”以及印地语中的“ēk, dō, tīn”同前述词语之间存在着千丝万缕的关联，就令人见怪不怪了。那么，芬兰语中的数词“yksi, kaksi, kolme”又是怎么回事呢？

Kaksikymmentäneljä（24）：欧盟（Euroopan Unioni）的官方语言有24种，其中只有4种语言不属印欧语系。而这4种语言中，马耳他语是闪米特语的后代，同阿拉伯语也有着亲密的血缘关系，剩下的芬兰语、爱沙尼亚语和匈牙利语是相互关联的。爱沙尼亚和芬兰不仅在地理位置上接近，两国的语言也十分类似，如同样的“1,2,3”，在爱沙尼亚语中是“üks, kaks, kolm”，在芬兰语中是“yksi, kaski, kolme”。而匈牙利语不能更接近芬兰语了，正如波兰语同葡萄牙语一样。只需数“egy, ketto, három”就能证明。

Yhdeksänkymmentä（90）：生活在芬兰的540万人口中，90%居民的母语都是芬兰语，说瑞典语的所占比例不到5.5%。剩下的大概有25万人使用其他语种，如俄语、爱沙尼亚语，以及其中分布最为广泛的索马里语。

Kaksikymmentäkaksituhatta seitsemänsataayhdeksänkymmentäviisi（22 795）：1849年，医生和语言学家埃利亚斯·伦洛特（Elias Lönnrot）编纂的芬兰民族史诗《卡莱瓦拉》（*Kale Vala*）出版并成为一代经典。这部诗集将22 795行诗句划分为50段“歌谣”，其蓝本来源于卡累利阿和因格里亚（Karelia and Ingria）森林区吟唱诗人的记录。如今，这两个地方的大部分区域都已并入俄罗斯版图。而令人感到意外的是，在芬兰，将人口、语言和领土合而为一的国家观出现得相当晚。尽管芬兰人讲芬兰语并在这片土地上定居已久，但《卡莱瓦拉》却为芬兰国家身份的最初形成奠定了强有力的基础，正如这本书的开篇词所示：

饱受热望和求知欲的催逼，
我必须开始唱诵，
我会歌唱人们的传奇，以及国家的歌谣。
语言从口中涌出，词句温柔坠落，
如此迅疾，只待唇齿形定。

Kuusikymmentäkahdeksan（68）：从《卡莱瓦拉》的出版到芬兰独立之梦的实现，中间间隔了68年，那时候人一辈子也只能活这么久。俄国皇帝、波兰国王和芬兰大公尼古拉二世退位后，芬兰获得了自由。此前的108年由于共主邦联，芬兰总是和俄国绑在一起。1917年11月15日，《芬兰独立宣言》（*Suomen itsenäisyysjulistus*）正式施行，从此，一个崭新的既不属于斯堪的纳维亚又不属于俄国的芬兰诞生了。

▶▶▶

> 在芬兰语中，表示指南针方向的基本词汇有8个，而大多数其他欧洲语言中这类词语仅有4个。

Kaksi（2）：在1992年颁布的《语言法案》（*Kielilaki*）中标明的芬兰国家语言有2种。除了芬兰语，南部海岸周边以及过去贵族的语言也被包括在内，因此，图尔库（Turku）到乌茨约基（Utsjoki）的街道标识上也出现了瑞典语。乌茨约基这个“极北小镇”在萨米语（sámegiella）中又被称为“奥瑟琼卡”（Ohcejohka）。萨米语是萨米地区（即拉普兰德）的官方语言。

Kahdeksän（8）：在芬兰语中，表示指南针方向的基本词汇有8个，而大多数其他欧洲语言中这类词语仅有4个。“北，东，南，西”的芬兰语分别为“pohjoinen, itä, etelä, länsi”。而“东北，东南，西南，西北”也各自拥有单独的术语“koillinen, kaakko, lounas, luode”。

Viisitoista（15）：不满足于德语的4个格，或者拉丁语和俄语的6个格，芬兰语以不少于15个格而引以为傲。除了比较常见的主格、宾格、所有格、离格外，芬兰语中还有部分格、位置格、从格、入格、方法格、向格、存在格、变格、途径格、欠格和伴随格。Kieli（语言）并不仅仅是Kieli，还可能变形为kielen, kielessä, kielestä, kieleen, kielellä, kielelle, kielenä或kieltä。这种语词形式的复杂变化并不仅限于格。假如将单复数、所属关系，以及其他种类杂多的后缀考虑在内，有人估算芬兰语的名词可能有超过2 000种形式。而动词的变化甚至更多，这也解释了为什么人们对于芬兰语最普遍的印象就是“困难”。研究芬兰语的学者就可怜了，但更值得同情的应该是学习芬兰文学的学生：即便通晓了《卡莱瓦拉》的20 000行诗句，他们还是连芬兰语的一成都没学到。

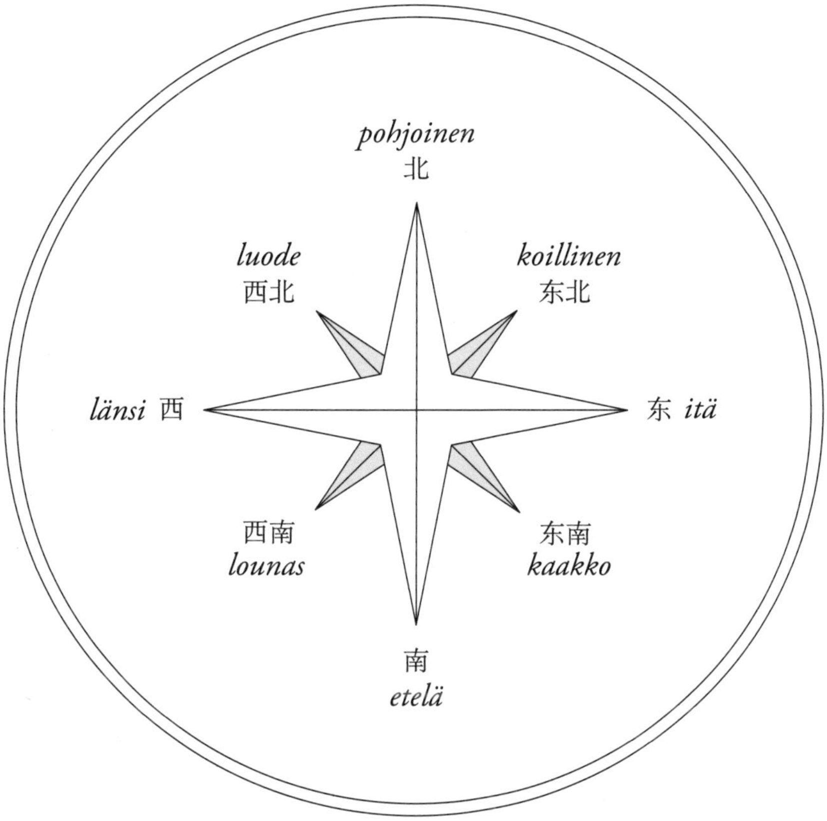
pohjoinen
北
luode
西北
koillinen
东北
länsi 西
东 itä
西南
lounas
东南
kaakko
南
etelä

咖啡文化

情迷咖啡因

COFFEE CULTURE

AN EVOLVING OBSESSION WITH CAFFEINE

文字 & 摄影：*Robbie Lawrence*

> 浅烘焙的咖啡口感更为细腻，这就是为什么低品质的咖啡往往是深度烘焙。

18世纪，咖啡从俄罗斯和瑞典被引入芬兰。从那以后，咖啡便汇入了芬兰民俗的肌理之中。虽然这种调制饮料一开始仅供上层阶级享用，但是没过多久它就变成了大众商品。无论是在上流社会的茶室里，还是在下层阶级低矮的厨房里，过去的3个世纪中，咖啡发展出了千变万化的用途：它是一种良药、占卜道具、婚宴和葬礼上的饮品，以及维持芬兰人的路德宗伦理的一种方式，是芬兰文化不可或缺的组成部分。

根据国际咖啡组织（International Coffee Organisation）的年度统计，芬兰每年人均咖啡消费量为12千克，这意味着每人每天摄入4–5杯咖啡。1970年，芬兰超过瑞典成为世界上最大的咖啡消费国。假如取消高昂的进口税，以及“二战”期间和战后的定量配给制度，这个数字会更为惊人。今天，芬兰的劳动合同上除了对最低工资和劳动时间有所规定以外，也强制企业在给员工提供午餐休息时间的基础上，再增添一段“咖啡时间”，这在全世界都是绝无仅有的。仅此一件事便极佳地诠释了咖啡在芬兰人的日常生活中占有何等突出的地位。

尽管芬兰人和咖啡的关系是如此的密不可分，然而有人却认为，仅仅将咖啡视为一种日常消费品，芬兰人错失了享用制作考究的高品质咖啡的机会。芬兰现任冠军咖啡师卡勒·福瑞斯（Kalle Freese）自然对此深有同感。卡勒曾探访过多家位于奥克兰的专业咖啡馆，也曾在赫尔辛基市外的一所名为“卡法”（Kaffa）的小型咖啡烘焙坊受过专业训练。和越来越多的本地咖啡师一样，卡勒致力于深化对咖啡产品及其制作工艺的认识，并希望科技能助他们一臂之力。我们拜访了卡勒位于福瑞森凯图街（Freesenkatu）的干净简洁的咖啡厅。这条街道以其先祖的姓名命名，在这里，卡勒想为专业咖啡在芬兰的咖啡文化中寻得一席之地。

最开始你是怎么接触到咖啡的？

我刚要满16岁时，我家搬到新西兰住了一年。在那里，我第一次意识到咖啡真的可以很好喝。我被奥克兰咖啡馆周围的文化气息深深吸引了。我喜欢那里忙碌的人群，以及人们相互交流时的氛围。真的，所有这一切都让我浮想联翩。于是我带着一本《奥克兰最佳咖啡》（*Best Coffee in Auckland*）指南书开始在这座城市旅行。不久之后，我才开始注意到区别：某种咖啡尝起来有点儿苦，而另一种咖啡味道却很醇滑。芬兰人消费了世界上最多的咖啡，但却并未将其当作一种美味多加研究，在咖啡的烹制方面就更加不以为然了。大部分在售的咖啡都是预先研磨好的，用廉价的咖啡壶冲泡，再放在电炉上慢煮。难怪做不出品质特别高的咖啡。

▶▶▶

◀◀◀

在创立自己的咖啡馆之前，你在其他地方做过相关工作吗？

从奥克兰回来后一年左右，为了学习制作优质的咖啡，我参加了一个咖啡师培训课程。在这个短期课程中，我了解到要调制出一杯美味的特浓咖啡，关键不在于咖啡机，而在于咖啡师的操作。随后我又去了位于赫尔辛基30公里以外的一家名不见经传的咖啡烘焙坊工作，主要负责打包咖啡和贴标签。在此期间，他们总会送我几袋咖啡拿回家喝。5个月后，这家由两个人经营的卡法小烘焙公司搬到了赫尔辛基市中心一处更宽敞的地方。这处新址包括一家咖啡馆，而我是他们雇佣的第一个员工。这之后我又在斯德哥尔摩的约翰与耐斯特侬（Johan & Nyström）公司学习了一个夏天，这家公司是咖啡豆烘焙领域的翘楚。又过了2年，我从卡法辞职，决心成为一名自由咖啡师。2013年夏天从世界咖啡师大赛（World Barista Championships，简称WBC）归来以后，我就想在赫尔辛基中心区找一小块地方，组织一些咖啡讲座、咖啡课程以及相关的品尝活动。那时我们并未考虑开一家咖啡店，但不知不觉就变成了现实。

可以详细谈谈你是怎么制作咖啡的吗？

我们很喜欢刨根问底。大学的时候我学习了食品化学和牛奶技术，想要更好地了解这门手艺背后的科学理论。我们制作咖啡的方法是相当直接且实用的。咖啡的制成是一种化学反应的结果：咖啡粉是溶质，水是溶剂。假如能将咖啡的味道从咖啡粉里尽可能多地萃取出来，那么咖啡的品质便会更好。水质至关重要。幸运的是，赫尔辛基的自来水水质相当好，并且非常柔软。首先我们会选择一种浅烘焙的咖啡。咖啡必须非常新鲜，最多不超过烘焙后的四周时间，因为在这段时间里，咖啡的味道最为浓郁饱满。无论如何，浅烘焙的咖啡口感更为细腻，这就是为什么低品质的咖啡往往是深度烘焙。对于后者，你只能尝到烧焦了的苦炭的味道。咖啡的研磨也无比关键。新鲜烘焙的咖啡所散发出来的一切美妙味道实际上是一种浪费，因为它们本该留在冲泡好的咖啡里面的。另外，咖啡豆和水的准确比例对于调制稳定的高品质咖啡不可或缺。我们总是事先称量好咖啡豆和水的重量。对于过滤咖啡而言，一个不错的办法是每6克咖啡用100毫升水冲泡。这是探索咖啡技艺的一个相当不错的起点。最后，咖啡冲泡好后稍微冷却一点儿时品尝，口感最佳，因为这个时候咖啡的味道得到了更多的释放。事实上，在水温60℃时，你的味蕾才真正开始品尝咖啡的滋味。

下一步有什么打算？

今年4月（本采访发生于2014年年初，故此处指2014年4月）我将再度参加芬兰咖啡锦标赛，除此以外，这个春天我会进行几个有趣的咖啡项目。首先，我们打算出版一本关于咖啡的书。其次，我也正在筹建福瑞斯咖啡协会（Freese Coffee Academy），它是一个非营利性组织，目的是教育和培养新一代的咖啡师。在新西兰第一次品尝到新鲜烘焙且萃取极佳的上等咖啡时，我的感受无比深刻，所以我希望自己能将这份幸福感带给芬兰的咖啡爱好者们。■

地址：芬兰赫尔辛基福瑞森凯图街5号，福瑞斯咖啡公司
官网：FREESECOFFEE.FI

2	查尔斯顿 | 美国

州 南卡罗来纳州

机场 查尔斯顿国际机场

港口 查尔斯顿港

语言 英语

货币 | $（美元）

人口 12.5万

游客信息 charlestoncvb.com

+1（国际区号）843（地区区号）

布恩种植园

荆棘与果实

BOONE HALL

THORNS AND BERRIES

文字：*Robbie Lawrence*　摄影：*Tim Robison*

驱车从长湾前往布恩种植园的路上会穿过桑蒂河（Santee River），这条河是弗朗西斯马里恩国家森林公园（Francis Marion National Forest）的东部边界。大片的森林和湿地仿佛康拉德笔下的非洲的绝妙化身，一处幽暗而神秘的寂静之地，阴霾四伏，刺鼻的气味袭人鼻腔。在那个早上，浓重的海雾萦绕在这座森林高耸的松巅之间，在林间道路上投下了晦暗的阴影。随着时间的流逝，南卡罗来纳的白色日光光束开始穿透浓雾的遮盖。在我抵达种植园所在的普莱森特山时，天空已然明朗而湛蓝。

关于布恩种植园最早的历史记载可以追溯到1681年，当时为了给女儿伊丽莎白准备嫁妆，一个名叫西奥菲勒斯·佩蒂（Theophilus Patey）的富有的约克郡人买下了沃帕齐恩溪（Wampacheeone Creek）附近190公顷左右的土地。他的女儿嫁给的那个英格兰人，就叫梅杰·约翰·布恩（Major John Boone）。在随后的一百多年里，布恩家族都生活在这片土地上。在监禁于此的黑人奴隶的劳作下，他们建造了最初的木质宅邸以及周围的种植园。1817年这处财产被布恩家族出售以后，屡经转手，最后托马斯·阿奇博尔德·斯通（Thomas Archibald Stone）于1935年将其购得。他对房屋和土地进行的殖民复兴风格的改建依然保留至今。此处种植的作物仍和320多年前的一样，并且仍然供应给当地的市场。这使得布恩种植园成为美国仍在运转的最古老的种植园之一。

到达种植园边界的时候，我惊异于它非凡的美丽。一条长约1.2千米的大道从种植园的边缘直通向住宅，道路两旁排列着参天的橡树，仿佛远古的巨石阵一般。道路和树木都是布恩家族1743年修建和种植的。不无可能的是，17世纪将这家人从英国送到此地来的船只采用的是同种经年耐久的木料。当我行经它们弯曲多节的枝干时，明媚的阳光从挂在上面的大片的西班牙苔藓中间穿过，洒在路面上，呈现出多样而暗淡的风貌。这座“大房子”正如托马斯·斯通在他日志里所描述的那样，四周被低矮的红砖墙围绕，里面是修剪整齐的草坪和精心栽培的花坛。万里无云的天空下，白色的廊柱如花彩般装饰着宅邸，闪烁着灼目的亮光，就像某个晴朗的早晨夺目的白雪一样。

▶▶▶

> 虽然从微观宇宙的层面我会惊叹于此地得天独厚的景观，但布恩种植园带有某种忧郁色彩的壮观图景，以及奴隶制所带来的巨大悲剧，也需要我们充分地认识和理解。

接下来的几个小时我在小树林和宅邸的外围建筑附近闲逛。西北角是弯曲的霍贝克溪湿地。我在一处自然水湾旁静静坐了会儿，视线穿过一片红褐色野草和闪闪发光的水面，落到对岸茂密的森林里。正当我沿着河岸返回宅邸的时候，我注意到一场小型婚礼正在举行。目睹这个私密场景令我既感动，又有点儿困扰，因为远处种植园的9所奴隶住宅的轮廓清晰可见。

在此之前，我仅仅是被周围壮观的景象所感染，并未关注布恩种植园以及其他散落在南方各州的种植园在历史中黑暗的一页。根据当地人口普查，布恩种植园一度将85名非洲裔美国人蓄为奴隶。那是在1850年，当时的霍贝克们（the Horlbeck' s）正在扩张本地的制砖生意。不计其数的回忆录和信件讲述了种植园主施加给奴隶们的可怕的待遇，布恩种植园便是其中之一。为了尽可能多地利用这片土地上的自然黏土矿，土地所有者们让营养不良且饮水不足的奴隶从黎明工作到深夜，即便在烈日下也不给他们做任何防护。那一刻，我的内心争斗不已，一方面我感到如此哀伤，另一方面我对古老而壮丽的布恩种植园及其牧草地仍然深感敬畏。虽然从微观宇宙的层面我会惊叹于此地得天独厚的景观，但布恩种植园带有某种忧郁色彩的壮观图景，以及奴隶制所带来的巨大悲剧，也需要我们充分地认识和理解。布恩种植园的过去和现在并不能互相抹杀，而只能共存，两者的面貌都相当鲜明。康涅狄格州费尔菲尔德大学（Fairfield University）的玛丽安·S.里根（Mariann S. Regan）恰如其分地概括了她的观感："在这里我既看见了美，也看见了恐怖。我看到了威胁恐吓以及奴隶社会最后的灭亡，也看到了布恩种植园这座平静的纪念碑。荆棘与果实一起生长，其根源取决于人性。"■

地址：美国南卡罗来纳州普莱森特山长点路1235号，布恩种植园，邮编SC29464
官网：BOONEHALLPLANTATION.COM

查尔斯顿下城

极致壮美

DOWNTOWN CHARLESTON

VITAL GRANDEUR

文字 & 摄影：*Robbie Lawrence*

BAY ST

16

这是十月下旬查尔斯顿的一个傍晚。沉沉的日光在百老街（Broad Street）浅色的露台上投下赭色的光泽，来自阿什利河（Ashley River）上的微风轻轻吹拂着河边成排的棕榈树。日间的热气仍在地面上停留着，潮湿而闷热。空气中浮动着木兰花、茉莉花和紫薇花的香气。蝉虫懒洋洋地鸣叫着，气灯忽明忽暗，路上的鹅卵石散发着微光，河岸的浅水轻轻拍打着巴特里（The Battery）海堤的页岩墙。正是在这种高邈的时刻，这座南方城市过去的辉煌才得以淋漓尽致地重现。

1660年查理二世复位之后，英国迎来了长达11年的事实上的共和国时期。为了显示自己的无上慷慨，查理二世将卡罗来纳州地区分给了他8个最忠诚的朋友。彼时名为“查尔斯镇”（Charles Town）的查尔斯顿是最早的新英格兰殖民地社区的聚居地，并成为英格兰聚居地最南端的地方。随后的几个世纪，查尔斯顿逐渐发展成为一个繁忙的商业枢纽，棉花和靛蓝染料的中心产地，贩卖印度和非洲奴隶的主要地区，二者都直接从这里的港口直接运入。直至今日，坐落于半岛南端的查尔斯顿下城，仍然是南北战争前的繁华象征。老街区的道路和宅第相对而言一如往昔。

在这里的一周时间，我从附近商店餐厅林立的创业市镇区的公寓，一路步行到了老城。这条线路带我穿过了查尔斯顿大学历史悠久的草坪，沿着中心市集和哈尔斯顿村，直到百老街外缘。这时候，潮湿闷热的空气正让我喘不过气来，皮肤晒成棕黑色的本地人却笑嘻嘻地，在我从地图上查找方位时，呼吸轻盈地从我身边走了过去。我急不可耐地想要逃离室外的酷热，便找了家名为“黑龙头”的咖啡馆（Black Tap Coffee）进去吹吹冷气。在那里，我点了一杯调制冰咖啡并快速大口大口地喝完了，这之后我才继续去老城优雅的黑石板路上探险。

棕榈叶、教堂尖塔、拴马桩、比萨以及植被茂盛的小花园都是此地独特的标志符号。大型的府邸，比如德索绪尔府（DeSaussure House）、罗珀庄园（Roper House）、埃德蒙顿-奥尔顿宅邸（Edmonston-Alton House）都坐落于南巴特里（South Battery）和东海湾（East Bay）岸边，其独一无二的风格也是由它们原来的所有者各自设计完成的。白点花园（White Point Gardens）在这座城市的南端，以萨姆特堡（Fort Sumter）的景观闻名于世——这里的大炮喷出了黑烟和霰弹，标志了内战的开始。

尽管这座城市一直对自己丰富的社会文化历史引以为傲，但它并不像一座陈列遗迹的博物馆。与此相反，它充满了生机活力。新和旧的交织给这个地方赋予了同美国逝去的荣光密切相连的奋斗和进取精神。伫立在花园小径旁的橡树林下静候傍晚的降临，我陶醉于查尔斯顿的独特魅力：它既保存了过去时代的风采，又不至于被往日的怀恋全然掩盖。■

插曲

蜂蜜

私房历史一种

HONEY

A PRIVATE HISTORY

文字：*Richard Aslan*　摄影：*Jonathan Gregson*

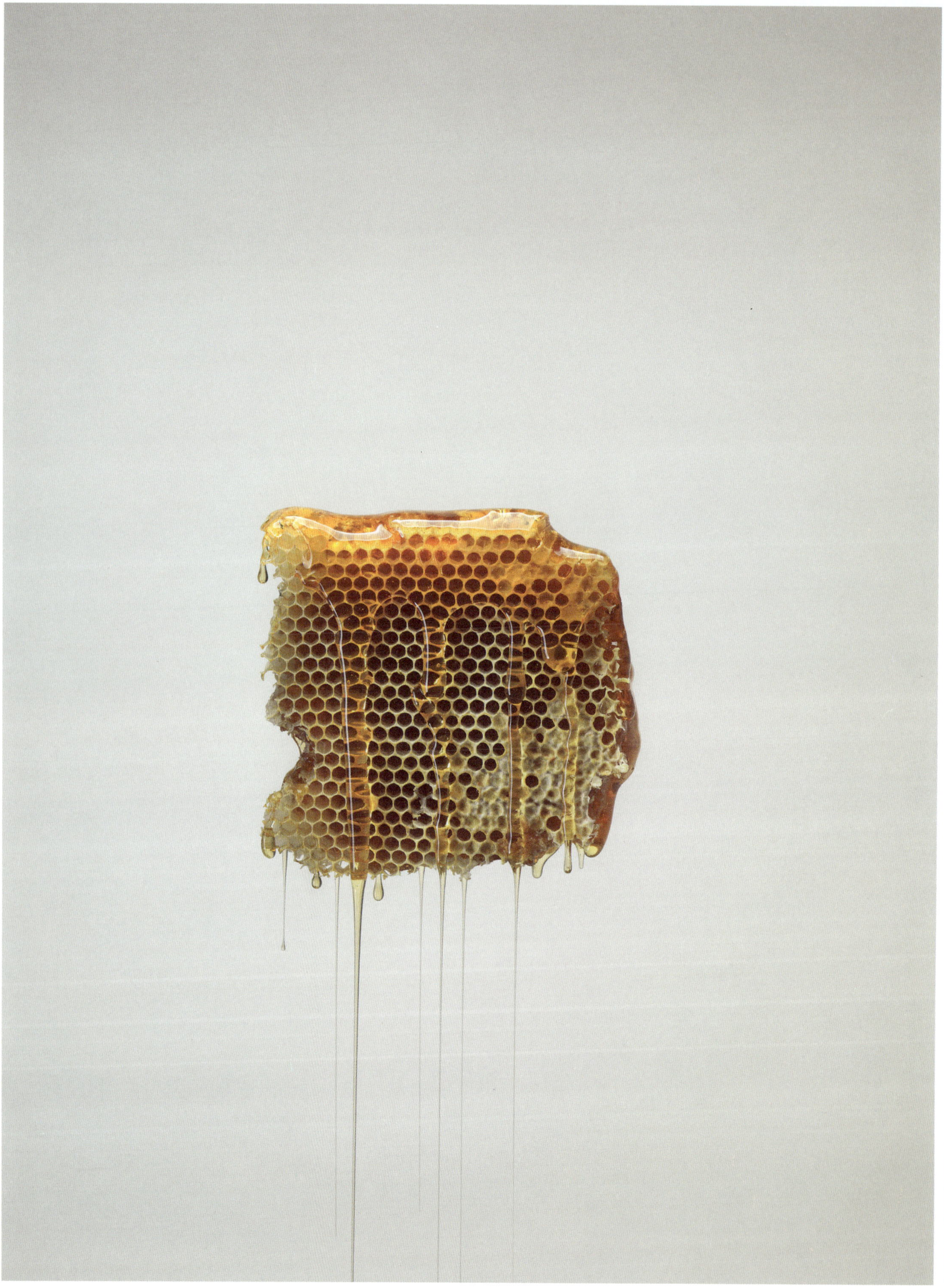

觅食者爬进了黑暗的蜂箱深处。一股气流从她身边吹过，摩擦着她的体毛。这不是从外面吹来的潮湿的气流，而是成千上万对紧挨在一起的翅膀同时旋转嗡鸣的结果。昏暗中，她从腿上卸下了鼓胀的花粉，然后倒出小心翼翼地收集于臀部的花蜜。正如刚才花朵们将她们的珍宝纷纷交由她保管一样，现在她将这些宝藏交付给了她的姐妹们。另一个工人吸吮花蜜，然后将它吐出来，但这一次，花蜜的性状有了微妙的变化。她用前腿将蜜滴压平，再扇动翅膀以加速水分蒸发。花蜜成熟并转化成蜂蜜的炼金术开始了。蜜滴将会被无数个其他的工人吸吮，吐出，风干。她们小小的身体工厂将复杂的糖分转化成更简单的糖类，然后再依次将其转化成能够保护蜂蜜和防止蜂蜜腐烂变质的化学物质。最终富含近乎纯粹能量的黏胶状蜂蜜水分含量不足18%，可以保存相当长的时间。这些蜂蜜被封入用厚厚一层蜂蜡做成的六边形的蜂巢里安全保存，直到需要使用的那天。

一只工蜂短暂的上半生并不全都奉献给酿制蜂蜜的事业。她也负责卫护蜂巢和这里的居民：打扫，整理，喂食，照料，建造，修理，保卫。除此之外，“像蜜蜂一样忙碌”的说法其实是一种误解。事实上，年幼的工蜂大约有2/3的时间都在休息。但仿佛是回应无声的召唤似的，所有一切都在某个时刻改变了，她从黑暗走向了光明，去野生的世界开始觅食。在破译了姐妹们的舞蹈密码后，她一边飞行一边寻找花蜜、花粉、水和植物汁液，并确定蜂巢领地的边界，这样她就可以将方向和坐标传递给同伴们了。所以往往不到一个月，她便会精疲力尽而死。而她一生的劳作也只换来仅有的几滴蜂蜜而已。

▶▶▶

一接触香软的烤面包蜂蜜便会化开，裹挟着面包屑和融化的黄油的蜂蜜仿佛容留着化石的琥珀一般。

◀◀◀

蜂蜜是蜜蜂王国的生存所系。它和花粉、花蜜都是蜜蜂们夏天的主食。当冬季来临，花朵枯萎时，蜂蜜便独力支撑着蜂巢的生存，直到来年春天到来。彼时觅食者已经死去，剩下的工蜂们防御似的聚集在这座最珍贵的宝藏附近，为了保存体力，她们全都一动不动。我们习惯将蜂巢按照等级划分为上层蜂后，她下面一个层级雄蜂，最底层工蜂。但这种说法对蜜蜂而言显然不像对人类那么合适，因为掌握着蜂蜜供给的是工蜂。而蜂后其实是在一个血腥的战场上求生，一旦她产卵的能力下降，就会被立即切断食物供给。假如她生病了，或是用光了和雄蜂交配所得的精液，抑或仅仅是衰老了，工蜂们便会停止照顾她，并转而去培育一个新的蜂后来取代她的位置。雄蜂的命运也相当惨淡，除了短暂荣耀的瞬间——同新蜂后以杂技般炫目的方式交配之外，他们对蜂巢毫无用处。物资充足的时候，他们会被好好喂养和照顾，然而一旦稍有食物紧缺的迹象，他们便会被立即赶出蜂巢，绝望而死。暴露在寒冷和饥饿之中对于他们而言是迟早的事情。不过，工蜂们的残酷无情同她们勇于牺牲的精神相比不值一提。她们不仅一直工作到死亡，而且面对外敌会毫不畏惧地回击。虽然我们被工蜂叮咬后会感觉疼痛，但对她们自身来说却是致命的。这根倒刺虽然被用作武器刺穿敌人的肌肤，但也会摧毁蜜蜂自己的内脏，最终令她们在飞行中死去。

▶▶▶

◀◀◀

这种攻击机制的形成是为了保护蜂蜜免受天敌的掠夺。我们仅需看看采蜂蜜的人不断改进的装备——厚皮革、面罩、防护服以及手套——就知道这种防御是如何有效了。长久以来，人们一直认为品种多达22 000种的蜜蜂都是由食肉的马蜂进化而来，并与开花的植物同时出现。这一论断看似简单精辟，却不断被新的化石证据所否定，因为总有新的考古发现证明蜜蜂和花并不一定出现在同一时期。最近在缅甸胡康谷发现了一个保存相当良好的3毫米长的样本，其中蜜蜂腿上的绒毛仍然清晰可见。这一发现让蜜蜂出现的时间回溯到1亿年前，与此同时，它也使科学家们开始设想一个开花植物出现之前蜜蜂就已存在许久的世界。尽管如此，其后在瑞士发现的2.3亿年前的授粉的谷物样本也让科学家们不禁自问：在蜜蜂授粉之前的漫长时光里究竟是谁在传授花粉？

无论蜜蜂的历史有多么久远，它的出现显然比我们粗略估算的25万年前要早得多。对人类和蜜蜂共处的最早的描绘出现在瓦伦西亚腹地的蜘蛛洞穴（Coves de l'Aranya）。这幅拥有一万年历史的画作可以追溯到人类历史的开端，然而对于蜜蜂自身的历史而言，这可能只是短暂一瞬。画上，一位女性人物正用葡萄藤度量一个野生蜂巢，将它装进身边的篮子里，她的周围挤满了体形硕大的蜜蜂。直到今日，蜂蜜于我们而言仍是难得的美味。一接触香软的烤面包蜂蜜便会化开，裹挟着面包屑和融化的黄油的蜂蜜仿佛容留着化石的琥珀一般。它的香味向美食家透出产地的信息，正如品酒师转杯闻味所能得知的那样。把一瓶蜂蜜放到日光之下，你会相信它并非仅仅在折射太阳的光线，而是蜂蜜本身也会发光。一直以来，蜂蜜赐予我们甘甜的滋味，增强我们的体质，也让我们的生活变得神圣，然而我们很容易便忘了其实它并不是为人类酿造的。■

旅行箱包

要素

摄影：*Rich Stapleton*
艺术设计：*Rosa Park & Robbie Lawrence*
模特：*Ash Smith & Sidonie Warren*

包 ALBAM
套头毛衣 TOAST
长裤 模特自备

包 HAERFEST
夹克 FOLK
衬衣 OLIVER SPENCER
牛仔裤 ACNE（*hokoshop.co*）

包 COS
衬衣 OLIVER SPENCER
长裤 模特自备

箱包 MISMO
套头衫 SUNSPEL
风衣和布洛克皮鞋 COS
长裤 模特自备

背包 MISMO
风衣 TOAST

3	巴黎	法国

地区 法兰西岛

机场 夏尔 · 戴高乐国际机场

机场 巴黎奥利机场

语言 法语

货币 | €（欧元）

人口 1040万

游客信息 paris.fr

+33（国际区号）1（地区区号）

新巴黎

崭新的光之都

LE NOUVEAU PARIS

A NEW CITY OF LIGHT

文字：*Charlie Lee-Potter*　摄影：*Alice Gao*

没人敢宣称旧巴黎是个适合喝咖啡的好地方，但伴随着一批新的独立小咖啡店的兴起，一个崭新的巴黎将会为人们奉上难以忘怀的咖啡味道。

谈及新巴黎，就不得不提后现代派作家以及“新小说派”（Le Nouveau Roman）大师阿兰·罗伯-格里耶（Alain Robbe-Grillet）。他认为，旧小说无论是故事还是人物，都已经死亡了，而新的形式将会是充满想象和内在冲突的。从某种意义上说，他对新旧小说的定义也完美地适用于巴黎。毕竟，旧巴黎是纯粹叙事性的：情人们手牵手在塞纳河畔散步；一位手风琴师演奏《不，我一点儿都不后悔》（*Non, Je Ne Regrette Rien*）的悲伤片段；爬上埃菲尔铁塔，在双叟咖啡馆喝柠檬汁；以及——每次来巴黎我都会做的——对雅克-路易·大卫（Jacques-Louis David）的《雷加米埃夫人》（*Madame Récamier*）说“*bonjour*”（你好），光着脚斜倚在罗浮宫里。这些桥段我们都已经烂熟于心，而它们也仍将被一再讲述。尽管如此，一个崭新的巴黎也正在形成，它既和“美好年代”（La Belle Époque）无关，也绝口不提在卢森堡公园吃三明治的故事。

我想阿兰·罗伯-格里耶一定会对康克里特（Concrete）音乐厅表示赞许，因为它同和谐统一的叙事概念迥异其趣，它的存在简直是个奇迹。如果你要策划一场舞会，你的节目应该被安排在一天中的哪个时候才最好？嗯，让我想想，星期天早上7点整怎么样？在船上？这样的决定并没有什么明显的逻辑可言，因为音乐会持续到星期一半夜2点。尽管如此，康克里特却迎难而上，并获得了突破性的成功（如果“突破性”可以用来形容一条系在岸边的船的话）。如果你是个尚有余力的幸运儿，你也可以去领略一下位于奥斯特里茨附近河岸边的“漫游癖”（Wanderlust）酒吧俱乐部，那里有极好的DJ和一个大型的室外露台。既然音乐在早上6点才停止，那就只需要沿着河岸快步小跑到康克里特，加入那里的队伍，然后重新再来一遍。这里并不是巴黎地图上新增加的一个音乐厅选项，而是这座城市一片全新的区域。同我们习以为常的老城区相比，圣马丁运河区（Canal St-Martin）、共和国区（République）以及澳博坎普夫区（Oberkampf）更为奇特、富有创造力且多姿多彩。

待在旧巴黎狭小的房间里，高昂的物价以及糟糕的服务总让人气恼不已。由菲利普·斯塔克（Philippe Starck）设计的坚持新巴黎风格的玛玛谢尔特精品酒店远离市中心，既古怪又可爱。这里的房间甚至配备了27英寸的苹果电脑。如果这都不算新巴黎，那我不知道哪里是了。玛玛谢尔特就在拉雪兹神父公墓的转角，这意味着你可以跳下你新巴黎的床，直接进入一个旧巴黎的故事里。伊迪丝·琵雅芙（Édith Piaf）葬在这里，同葬于此的还有拿破仑的宫廷画家雅克-路易·大卫，我挚爱的《雷加米埃夫人》的创作者，在旧巴黎的黑暗故事里足以媲美玛丽·雪莱（Mary Shelley）最狂热的想象的人。在雪莱被当成革命派流放后，只有大卫的心脏被允许进入这座墓园。歌剧艺术家玛利亚·卡拉斯（Maria Callas）也埋在此地，或者说曾葬于此，因为她的骨灰已被盗走，仅留下一个空空的骨灰瓮。出于私心，也为了将新的死亡和旧的死亡结合在一起，我曾希望阿兰·罗伯-格里耶也能埋在拉雪兹神父公墓。遗憾的是，事实并非如此。好在法国超现实主义诗人保尔·艾吕雅（Paul Éluard），以及达达主义（指20世纪初兴起于欧美的一种虚无主义的艺术运动）的先锋马克斯·恩斯特（Max Ernst）的坟墓都在此处。所以，新巴黎至少尽了自己的本分。

旧巴黎一直以来都对食物漠不关心，所以异国菜系在新巴黎开花结果也就不足为奇了。吃生鱼片要去圣安妮街，那里离金字塔地铁站和歌剧院地铁站都不远。大量的日本餐厅和食品店都聚集在这里。没人敢宣称旧巴黎是个适合喝咖啡的好地方，但伴随着一批新的独立小咖啡店的兴起，一个崭新的巴黎将会为人们奉上难以忘怀的咖啡味道。或许没有比巴比伦街上的旧俗咖啡馆（Le Coutume Café）更接近旧巴黎菜系的堡垒——“大杂货店”（La Grande Épicerie）的餐厅了。旧日的富丽和今日的质朴在微观层面上极好地演绎了阿兰·罗伯-格里耶试图定义的二分法。旧的事物如同司汤达宏大而流畅的叙事，而新的事物却是小巧的、具有创造性且充满危险的。当然，没有任何理由可以解释伊迪丝·琵雅芙为什么和马克斯·恩斯特同葬于拉雪兹神父公墓，这两个人无论如何都难以相提并论。■

巴黎东京宫

反博物馆主义者

PALAIS DE TOKYO

THE ANTI MUSEUM

文字：*Charlie Lee-Potter*　摄影：*Rich Stapleton*

PALAIS
DE TOKYO

> 它绝不胆怯或悔恨，而是自信果断，从一开始便表明了自己的身份。

巴黎东京宫自命为“反博物馆主义者”。这个创建于2002年的反传统艺术空间的所在地曾是1937年巴黎世界博览会场馆。这里并不是一间令人悦目舒心的画廊，而是一个主见明确、斗志昂扬的地方。它的内部装饰明显带有抑郁的基调，里面的灯泡也不着灯罩地裸露着。一块指示牌指引着参观者进入听起来带有些反乌托邦色彩的思玛柯（Le Smack）餐吧。

我上次去东京宫的时候，最先是在大厅里的咖啡馆稍作停留。20世纪50年代学校教室风格的家具，沉郁寡言的审美特色，配以热泡沫牛奶的温茶……都给此地赋予了同画廊一样令人不安的氛围。在我抬杯啜饮的时候，一群游客来这里看展览。他们在入口区域闲逛，充满赞许地欣赏着楼层中间的建筑工具装置，并心领神会地对着天花板上来回晃动的银色气球状的奇怪物体频频点头。莫名其妙的是，一个男人背着一大袋胡萝卜缓慢地穿过宽阔的混凝土地面。不知怎么的这好像有点儿不对劲，也让我想起了《欲望都市》里的一个场景，夏洛特在欢迎一位摇滚歌星参观她的当代艺术画廊的时候：

音乐家（指着墙上的灭火器）：“我就要那个。它的价格是多少？”

夏洛特：“那个？噢，不。很抱歉。那不是艺术。”

同样的状况也出现在了东京宫。虽然展馆大厅和咖啡馆还在开放，但画廊因为装修已暂时关闭。建筑工具装置也就是一堆工具而已，银色气球溜自于某个聚会，背胡萝卜的男人也如其所是只是背了袋胡萝卜而已。一位穿着黑色制服的博物馆工作人员解释说新的展览尚未准备就绪，于是游客们纷纷羞愧离场。那天，他们并非是被反博物馆的理念捉弄了，事实上，不是反博物馆，而是无博物馆。

▶▶▶

◀◀◀

那个下午我在东京宫所获颇丰。虽然我并没有看到任何当代艺术作品，但我观察到了足够丰富的生活现象。有时候，生活和艺术其实是一回事。2014年，好像为了着重强调这一点似的，东京宫举办了一场历时7个月的名为“天堂之国”（L' Etat du Ciel）的展览。不仅如此，画廊还敬告参观者们，一些艺术项目是如此富有创造性，以至于“言难尽意”。“天堂之国”一词出自维克多·雨果的句子“夜晚是天空的常态”（l' état normal du ciel, c' est la nuit）。这次展览让艺术家、作家和哲学家齐聚一堂，一起解读我们所面临的道德和政治难题。杰拉德·瓦克曼（Gérard Wajcman）和玛丽·德·布鲁格罗尔（Marie de Brugerolle）探讨“倒塌”的主题，其中包括柏林墙和双子塔。受阿比·瓦尔堡（Aby Warburg）未完成的作品，散发着幽灵般气质的集艺术、广告和地图于一身的摄影集《摩涅莫辛涅图集》（*Mnemosyne Atlas*）的启发，艺术史家乔治·迪迪－休伯曼（Georges Didi-Huberman）用电影表现了悲叹的主题。那年稍晚些时候，画廊还展出了一件名为“永恒火焰”（Eternal Flame）的装置艺术作品。近200位知识分子和诗人为此展开一场讨论，主题为艺术和哲学之间的关系以及二者对人类意识领域的影响。这件艺术作品也体现了奇思妙想、特立独行的巴黎傲派，正如背着一袋胡萝卜的男人，或者反博物馆其实就是无展览。东京宫连带其粗野的装饰风格和激进的艺术态度，已经逐渐融入了这座城市的灵魂之中，尽管这里似乎总被往昔的优雅和荣光所遮蔽。东京宫出人意料地成功，也是我们难得的好运气。■

地址：法国巴黎威尔逊总统第13大道东京宫，邮编 75116

官网：PALAISDETOKYO.COM

merci

美尔奇概念店

回报的概念

MERCI

THE CONCEPT OF GIVING BACK

文字：*Charlie Lee-Potter*　摄影：*Rich Stapleton*

值得赞扬的是，美尔奇并未对自己的慈善夸夸其谈，抑或是对顾客施加道德压力，而是凭借着自己产品的魅力吸引顾客筹集资金。

有一次一位法国葡萄酒买家相当自鸣得意地告诉我：“所有的干邑（Cognac）都是白兰地，但不是所有的白兰地都是干邑。”如同大多数格言警句，这句话有种无伤大雅的愚蠢。尽管如此，当我苦思冥想，希望给巴黎概念商店美尔奇（Merci）寻找一种最佳定义时，这个带有某种恼人的轻快色彩的说法却在我脑海中萦绕不去。我所想到的句子是：“美尔奇是一家概念商店，但并非所有的概念商店都是美尔奇。”这并没有多大帮助，因为我们仍然不知道，概念商店究竟是什么。在过去（虽然用它形容一个如此新的事物并不十分恰当），概念商店是将某种特定的生活方式的创意卖给某一特定顾客群的地方。然而，让美尔奇备受推崇的“概念”是“l' un et l' autre”的魔咒。将其翻译为中文意为“一个和另一个”，这显然丢掉了这个句子大半的优雅。不过，无论法语怎么翻译，都难免会丧失一部分原本的优雅吧？“l' un et l' autre”背后的含义是，要尽量避免在“传统或现代，本地或国际，简单或昂贵，大规模生产或私人定制，兼收并蓄或择优而选”之间做出非此即彼的选择。但是等等，若是果真如此，那“l' un et l' autre”不也正是我家街角的那家店铺的特色吗？那里既出售自制蛋糕，又贩卖一些电动工具，还卖一些1957年左右生产的造型吓人的塑料雨靴。事实上，美尔奇拒绝被定义，即便是被叫作概念商店。这就是它独特魅力的核心所在。

逛美尔奇我总有一副雷打不动的固定模式。我总是先去旧书咖啡馆（Used Book Café）待一会儿。那是个长而窄的空间，天花板很高，恰恰契合了我心目中理想咖啡馆的样子。上次去那儿的时候，我照例点了一杯茶，许多回忆突如其来地涌上心头。一只大玻璃杯里装着水，水里点缀着新鲜的薄荷叶，专门为我准备的超大茶壶，最棒的是，还有一块儿柠檬玉米蛋糕。比意料之外的蛋糕更令人心动的是这里的书籍。咖啡馆里的一万册图书散发着一种二手香水的气味，门类丰富，并且每一本都可以出售。我发现过一本法国抵抗运动史、希拉

▶▶▶

MERCI

merci

Le sac
en papier merci
Ce sac est fabriqué
à partir de papier recyclé.
100 % naturel.
Double épaisseur 180g/m² :
kraft blanc doublé
de kraft brun.
Contenance : 13 litres
100 % Ecographik™
Ne le jetez pas.
Il peut servir plusieurs fois.

TABLE
DES
MATIÈRES

里·克林顿（Hilary Clinton）的《我的故事》（*My Story*）法文版、关于弗洛伊德的论文、杰拉德·安德烈（Gérard d' Andréa）的《共和国，我的爱！》（*République, mon amour!*）一本关于航海技术的大部头，其中最奇怪的可能要数约翰·M. 布里特（John M. Bullitt）的《乔纳森·斯威夫特和讽刺的分析》（*Jonathan Swift and the Anatomy of Satire*），只卖2欧元。由于这本书带着某种长期监禁下的挫败气息，我感到自己非得把它买下来不可。

淘书之后我喜欢直接去地下室。并非因为它是漫长而缓慢的人生轨道的隐喻，而是出于很简单的理由：这里存放着各种五金器件和厨房用具，而且是彻头彻尾的古怪风格。这里有硬纸板制成的灯罩，一米米的缆绳，煮熟的米饭做成的方形工具，野餐餐具，以及数叠做馅饼用的搪瓷盘。我上次来的时候，到处，我是说所有地方，都是带吸头的红色和黑色的飞镖，它们粘在物品上面，整个店铺都好像在时空中弯曲了似的，像极了飞镖俱乐部联盟的训练中心。墙上是飞镖，壁脚板上也是飞镖。它们挂在货架上，在外面院子里原装的菲亚特500的车盖上颤动。之所以如此装饰的原因可以在一楼找到。这家以主题装置闻名的商店，正在向美国土著公主耶帕（Yepa）致敬。这里还有她真人大小的模型，“她”骑在马背上，周围被仙人掌环绕，背上悬挂着抖动的箭矢。之前的飞镖很可能是为了表现耶帕卓越的射箭技术，只是装上吸头，对她身处城市里的各个“分身”而言，显然是个更安全的选择。

置身于伊莎贝尔·玛兰（Isabel Marant）的时尚空间，褶皱的彩色麻布枕套只有通过几百次的洗涤才能达到这种效果。我最爱的是一扇巨大的用纸仿造的19世纪的乔治·奥斯曼风格的门，它的设计具有严肃的寓意。伯纳德（Bernard）和玛丽－弗兰斯·科恩（Marie-France Cohen）创立美尔奇这一品牌的意图是，一旦收支平衡，商店所获得的一切利润都将捐献给马达加斯加岛西南部的人类发展项目。据美尔奇公布，包括科恩家族和其他赞助人的捐款在内，目前为止所募得款项已超过30万欧元。这些资金已被用于重建一所学校，以及在这一地区的不同地方修建学校餐厅。值得赞扬的是，美尔奇并未对自己的慈善夸夸其谈，抑或是对顾客施加道德压力，而是凭借着自己产品的魅力吸引顾客筹集资金。因此，正如那位法国葡萄酒买家所说，虽然美尔奇是一家慈善商店，但大部分的慈善商店绝对不是美尔奇。■

地址：法国巴黎博马舍大道111号美尔奇概念商店，邮编75003
官网：MERCI-MERCI.COM

4	锡利群岛 | 英国

郡 康沃尔郡	机场 圣玛丽斯机场	港口 圣玛丽斯港
语言 英语	货币 | £（英镑）	人口 2 200
游客信息 simplyscilly.co.uk	+44（国际区号）	

特雷斯科修道院花园

远离人间的热带地界

文字：*Richard Aslan*　摄影：*Rich Stapleton*

> 新西兰卷心菜叶仿佛夸张的头巾，带着扑面而来的热带气息；桉树周围则弥漫着强烈的树脂的气味……

园丁和小说家一样，都是骗子。我们小心翼翼地在园丁精心照料的植被间漫步，翻动着满含奇思妙想的书页，满心欢喜地被蒙蔽，相信眼前的一切都是自然的忠实呈现。我们不愿思考其中是否存在花招和虚假，我们刻意忽略了从一片混乱中造就如此幻景所需的无尽的劳作。一些故事很简单，只是在赤裸裸的现实上加了闪着微光的壁炉架。另一些却如此伟大和精致，以至于我们想要永远沉浸其中。特雷斯科修道院花园正是这样的杰作。

据记载，这一园艺佳作已有180多年的历史了。有关的最早的记录是在1834年，一个署名为“奥古斯都·史密斯”（Augustus Smith）的人，从康沃尔公爵后裔手里租下了锡利群岛，所有的迹象都表明，他是个勇于进取的年轻人。也许是因为渴求独居，也许是因为在一系列岛上大工程完成之后需要休养，他在荒凉的特雷斯科小岛的一块土地上立起了一面约3.7米高的围墙。他在那里修建了自己的府邸。花园正是在这些不起眼的设施上发展起来。他规划了3条道路：沿着花园北部边界修建的顶部露台（Top Terrace），通过花园中心的长走廊（Long Walk），以及将二者连通的中部露台（Middle Terrace）。尽管历经史密斯家族五代人的更迭，再加上一座后被纳入其中的10世纪的本笃会修道院的废墟，这3项基础工程依然存留至今。

这些植物，即我们的“剧中人物”，成千上万，即便是在寒冽的仲冬中，也仍然挤满了自然的书页。芦荟们挺着尖刺在路边决斗；而金合欢们蜷缩在一起低语，就像在密谋什么似的；诺福克岛松树拿全副武装的绿色拳头攻击着天空；疯狂生长的几何形莲花掌属多肉植物有上千种类型，占领了整个岛的墙壁；新西兰卷心菜叶仿佛夸张的头巾，带着扑面而来的热带气息；桉树周围则弥漫着强烈的树脂的气味；智利酒棕榈手掌似的叶子满怀英雄气概地大大张开；火焰般的银树懒洋洋地打发着时间；花朵们争着扮演浪漫剧的主角，如珂莉安瑟斯（Clianthus音译，耀花豆属饰）、艾丽卡（Erica

音译，石楠属灌木饰）、迪央德拉（Dyandra音译，山龙眼属饰）、多莉安瑟斯（Doryanthes音译，矛花属饰）；朱顶红用朱红色的喇叭宣示着明艳的美德；鹤望兰用纤细的花茎散发着魅力，仿佛天堂鸟似的；虽然初看不像，但大刺龙舌兰也有一段浪漫故事，过去人们将它当成百年植物，认为它一百年才开花一次，然而真相更令人惊愕——尽管长寿，但大多数龙舌兰一生只开一次花。超新星爆炸，带流苏的从来不眨的大眼睛，流星雨，颜色令人眼酸的匍匐着的地毯。每走一步，形状、结构和气味的故事都亟待讲述。

在某个夏日，人们抬头仰望，带着难以置信的神情翻阅这座花园的书页，但这里并非热带的田园牧歌。尽管特雷斯科周边海水的颜色同加勒比海类似，而且它的沙滩是纯白色的，被墨西哥湾暖流温暖的海浪拍击，然而关于它所在纬度的童话也仅限于此了。同纽芬兰岛一样，特雷斯科位于北纬49度，地处大西洋的咽喉位置。我们只需走出花园便能看到真实的世界：在高纬度的植物之中，几乎没有比烧焦草和金雀花更能抵抗来自西方的毁灭性的盐水侵袭的植物了。出乎意料但却无法否认的现实在1987年1月的某个下午以一场大雪的方式现身了。在最初的暴风雪过后，气温下降到零下8摄氏度，冷空气温度最低达到零下30摄氏度，这种天气在此地持续了数周之久。适宜热带气候的植物的细胞壁受冻后脱落，整座花园一片死寂。童话很快变成了噩梦。1851年栽种的火焰树的树皮被风雪剥光，树体被冻成了冰石；约3米高的巨型南非芦荟液化了，躯干缠绕在一起腐烂了；一棵高约22米的诺福克岛松树备受几代人的喜爱，最终死在原地，被直直地锁在了如钢铁般坚硬的土壤里。当春天重回特雷斯科的时候，寒冷的冬天早已将整座花园的生命带走了。

一步一个脚印，一点一滴的努力，园丁们开始了重写整座花园历史的艰巨任务。那一年游客们眯眼看着树干的轮廓，被撑起来的重要植物曾经伫立的地方。缓慢却坚定地，花园终于死而复生。植物们本应在这里大规模地重新繁衍，但随着这个故事初露形态，现实又怒号着将其打回原形。1990年1月风暴开始的第一个小时里，花园里最大的树木——一棵蒙特利柏树便被击倒了。几个小时之后，花园周围的由10棵抗盐水的树木组成的防护带中的9棵也倒下了。书页从书脊处被损毁，封面也被撕成了碎片。花园的管家们只能眼睁睁地看着他们珍贵的新版手稿从自己手中被迅速夺走，远处的地平线上存有他们笔记的手提电脑也掉进了海里，一辆巴士开过来碾碎了储存着所有备份的硬盘。130年缓慢发展起来的花园在240分钟内被夷为平地。

尽管如此，一旦破坏完结，园丁们就做出了和所有真正讲故事的人一样的选择：重新开始。这一次远不止是改进、升级和扩张。他们为阳光下遭受蹂躏的树冠的残余中新长出来的一个全新的故事开辟了空间。最终，他们写下了一篇超过6万棵树组成的新故事。诚然，在一个冷飕飕的雾气缭绕的锡利群岛的早晨，那种感觉更像是《简·爱》，而不是《藻海无边》。无论如何，新的天地已然开启，古往今来最伟大的演员们——你我可再次一睹真容。永恒的大洋。

地址：英国锡利群岛特雷斯科岛特雷斯科修道院花园，邮编 TR24 0QQ
官网：TRESCO.CO.UK

群鸟之岛

锡利群岛观鸟

文字：*Richard Aslan*　插画：*Lorna Picton*

凯尔特浅海上的锡利群岛，夹在海天之间，距大陆的西南端仅约77千米。这些岛屿拥有令人窒息的自然美景以及丰富多彩的户外活动，同时在这里也发生过许多历史阴谋故事。即便如此，每个来这里的人似乎都随身携带着望远镜和雨伞，执着地观察着那些披着羽毛的小东西，它们或是群集在天际线，或是在灌木丛里发出窸窸窣窣的声响，抑或是随着海浪上下起伏。“鸟迷”“鸟类学家”或“观鸟者”，随便你怎么称呼，反正他们无处不在。出没于白色的沙滩上，潜伏在稀有的植物间，他们在新石器时代的墙垛边挤成一团。10月的第2周和第3周，珍稀鸟类出现在人们视野中的可能性最大，此时激动之情弥漫在空气中，明显可感。

假如你已预订好锡利群岛一年一度的观鸟狂欢的入场券，那就轮不到我来告诉你该去看什么了吧。但如果你连长鼻鸬鹚和海鸠都分不清楚，那么以下内容将会对你有所帮助。我们为你精挑细选了一些适合观赏的鸟类，在这场阵容惊人的鸟类盛会中，一部分“明星选手”也会登场亮相。它们有的住在灌木丛和树冠中，有的生活在海水涨潮线附近，有的来自浅滩和远海。一些鸟类常年定居于此，一些鸟类只在某个季节客居此地，还有些最让鸟迷们兴奋不已的品种，老实说，它们可能只是在这里迷了路。谁知道呢，一旦你的兴头来了，可能就不分寒暑地守在最美的那只鸟旁边。温馨提示：望远镜的小头会硌着你的眼睛。

人人都爱角嘴海雀（the puffin）

“Rrrrrr, grrrr, oooo arrrrr.”

角嘴海雀的叫声有点儿像介于生锈的铰链发出的吱吱声和一群脾气暴躁的小羊发出的咩咩声之间的声音。虽然这种深受人们喜爱的海鸟名气很大，但它们身材之小却让人大吃一惊：要拿鸽子当参照物而不是企鹅。更令人失望的是，它们并不容易亲近，因为角嘴海雀有一种以自我为中心的习惯：它们常在人迹罕至的峭壁上筑巢。除了这两点遗憾，角嘴海雀讨人喜欢的程度甚至远超人们的预期。引人入胜的时刻即将到来，接连几小时双肘支撑着趴在潮湿的草丛里，只有夜晚的来临或饥饿的侵扰才能让你停下来。我们的主人翁在海边上演着一出没完没了的肥皂剧，它们说着意义不明的语言，互相亲吻着，来回窜动着，它们鹦鹉般的鸟喙上全都衔满了银色的鱼。它们飞行的动作也令人痴迷不已。尽管喜爱运动的短而粗硬的小翅膀显然并未掌握哪怕是最基本的飞行术，它们仍然无所畏惧地持续在海浪上划着弧线。这不由得令我想象到，悬崖上藏着一些隐蔽的弓弩，为了寻找食物作午餐，勇敢而坚强的角嘴海雀们依次登上弩机，等待着被甩向海里。

大西洋角嘴海雀

英文学名：*Atlantic puffin*　拉丁学名：*Fratercula arctica*

普通燕鸥

英文学名：*Common tern* 拉丁学名：*Sterna hirundo*

里海野翁鸟

英文学名：*Caspian stonechat* 拉丁学名：*Saxicola hemprichii*

体形比其他鸟类更符合空气动力学：普通燕鸥

“Phkraaa kraaaa, pkhyeeeeeeeeeeaaaaaa pkhyeeeeeeeeeaaa!”

普通燕鸥的叫声仿佛是切割玻璃发出的声音，十分尖锐，一如它们棱角分明的轮廓。这些优雅的海鸟好像是一位剪纸大师用易碎的白色纸张折叠而成似的。它们常常缓慢而有节奏地从海浪上方曲折飞过。燕鸥家族成员都具有黑色的头部，彼此之间联系密切。普通燕鸥往往和它们的表亲——北极燕鸥（Arctic tern）和白嘴端燕鸥（Sandwich tern）生活在一起。为了准确地将它们从别的燕鸥中识别出来，避免混淆的尴尬，你要注意到普通燕鸥翼尖的颜色更深（相比之下，北极燕鸥的外翼颜色更淡一些），它们的喙是鲜红色的（而非更大更白些的白嘴端燕鸥那样的黑嘴）。虽然燕鸥在整个欧洲分布甚广，并不难见到，但当这些美丽的水鸟转身冲向自己的影子时，仍会让人感到妙不可言。然而尽管它们有如此赏心悦目的身姿，却不够聪明：普通燕鸥显然不具备建筑师的头脑，它们直接把一窝鸟蛋产在一块平整的沙地上了事。

罕见的观鸟体验：里海野翁鸟

“Psiwhispsisiiiha ...psiwhispsiwhaaahaa ...”

如果你足够幸运碰到了这些精神十足的小家伙，千万别让它们明显像是骂人的叫声败坏了兴致。假如你的日程表上有观赏里海野翁鸟这一项，那你在锡利群岛定是位资深鸟迷。只要想想里海到这些岛屿的距离近乎4 345千米，你便会明白我们为什么要如此郑重其事地对待它们了。从大小和体形上看，这些魅力十足的家伙和麻雀不无相似之处，但它们拥有更美丽的色彩：面孔是栗色的，头冠上有栗色斑点，嘴下的一撮羽毛呈浅黄色，还加上了一些与浅黄色面积不相上下的杏色点缀。提醒一下：不要把你贪婪的目光投向所有外观类似里海野翁鸟的小鸟，并非每一只发出嗡嗡的叫声、看上去相像的“又小又矮胖的栖息者”都是野翁鸟，尤其是，并非每一只野翁鸟都是里海野翁鸟。锡利群岛附近栖居着很多乏味的欧洲野翁鸟和几乎同样无趣的西伯利亚野翁鸟。简直令人昏昏欲睡。最重要的差别似乎在于，里海野翁鸟尾巴的颜色更白一点儿。

很快就会飞入附近花园的鸟：欧歌鸫

“Whoowhit whooo skraaaaa keee pwit pwit whooo! ”

灌木篱墙上的这些长着斑点的歌手一见你便会用歌声令你神魂颠倒。欧歌鸫并不十分罕见，也绝非仅仅生活在锡利群岛上，但它们的确是十分适合观赏的鸟类。欧歌鸫以其洪亮而热情洋溢的声线闻名于世，即便你没目睹过它们的真容，也一定常常听到它们的歌声。为了找到它们你得把视线调低：这种鸟几乎生活在地面上，或是仅高出地面一点儿的地方。它们既在这些地方筑巢，也在这些地方觅食。当它们从路上飞过时，你最有可能看到它们。和大多数灌木篱墙上的鸟类相比，欧歌鸫的体形相当巨大，而且它们的身形就是人们心目中鸟应该是的样子——就像一个7岁的孩子所画的那种典型的鸟。有趣的是，欧歌鸫所属的雀形目的拉丁文“Passeriformes ”的意思就是“鸟形”。另外，关于欧歌鸫拉丁学名中的单词“Turdus ”（鸫）的幼稚笑话在观鸟圈里真的从未过时。

海浪之子：虎头海雕

“ P-cheh-cheh, p-chaw-chaw, p-cheh-cheh ... ppppppprrrprprpr. ”

虽然这声音听起来有点儿像没能发动起来的引擎声，但说虎头海雕就是具有这种机动的能力也没什么错吧。这种鸟拥有一个魅力十足的名字，它们总是在海浪之上俯冲觅食。它们飞得如此之低，仿佛藏在涨起来的潮水之中，或已被海浪浇没。速度是它们的长项，只要它们愿意，它们甚至可以快过当地的渡轮。尽管这种勇敢的鸟类对海洋的狂暴无动于衷，但近距离看时，你会惊讶地发现它们体形极小，且十分脆弱：仅十二三厘米高，为了适应飞行的生活，它们细小的双腿甚至不能承受身体的重量。这种令人无法苟同的体格缺陷意味着它们留在陆地上是不合适的，只会招来捕食者不必要的注意——这些不速之客包括海鸥和贼鸥。因此，虎头海雕整日都待在海上，只在夜幕降临时才回到陆地。此时它们会查看自己孤单且久被忽视的幼鸟们，它们待在岩石间的空洞中挤成一团。假如这些幼鸟度过了孤独的成长期，在要么被捕食者吃掉，要么被海潮吞噬的处境中成功生存下来，那么它们可以活到最多20岁，那算是相当长的一段时间了。

欧歌鸫

英文学名：*Song thrush*　拉丁学名：*Turdus philomelos*

虎头海雕

英文学名：*Storm petrel*　拉丁学名：*Hydrobates pelagicus*

锡利群岛

影像志

摄影：*Rich Stapleton*